나 때와 라떼

비원문학회 제3집

나 때와 라떼

펴낸날 2025년 1월 21일

지은이 비원문학회
펴낸이 주계수 | **편집책임** 이슬기 | **꾸민이** 이해린

펴낸곳 밥북 | **출판등록** 제 2014-000085 호
주소 서울시 마포구 양화로 156 LG팰리스 917호
전화 02-6925-0370 | **팩스** 02-6925-0380
홈페이지 www.bobbook.co.kr | **이메일** bobbook@hanmail.net

ISBN 979-11-7223-061-6 (03810)

나 때와 라떼

비원문학회 제3집

비 원 문 학 회

발간사

비익조의 날개가 완성되어 비상하는 문우들로 빛날 수 있기를

비원의 뜨락에 첫눈이 소담스럽게 내려앉았습니다.
굽어진 지붕 위에도 천년을 지나온 소나무 위에도
모든 곳을 하얗게 덮었습니다.
마치, 비원문학회 동인지가 회원들의 제3집 『나 때와 라떼』의 출간
을 기다리는 마음 같았습니다.

비원문학회는 조선을 대표하는 창덕궁의 후원인 비원의 모습처럼
시를 사랑하고 탐구하면서 서울을, 설악산을, 한라산을 뒤덮어
순백으로 물들이는 첫눈같이 사람들의 마음을 물들이고
가슴에 울림을 주는 문학회라는 사실을 제3집의 출간을 통해
입증하고 있다고 자부합니다.

우리 비원문학회 회원들은 내년에도 시를 사랑하는 모든 이에게 잔
잔한 울림을 주고 한층 더 사랑을 받을 수 있는 시인들이 될 수 있기
를 다짐해 봅니다.

2025년에도 끊임없이 시를 사랑하고 배우면서 우리들의 내면의 세계를 깊고 넓게 펼쳐내어 한국 문단의 한 페이지를 장식하는 새로운 역사를 만들어 갈 수 있기를 기원해 봅니다.

사랑하는 비원문학회 문우 여러분의 문운이 가득한 새해가 되길 염원하며, 비익조의 날개처럼 서로가 서로의 반쪽이 되어 비상하는 아름다운 순간이 되기를 바랍니다.

고맙습니다.

2025년 1월

비원문학회 회장 박명현

차 례

발간사

초대 시

동인 시

회원 산문

달빛문학회 작품

김
남
권

초
대
시

비원문학회 문예창작과정 지도 강사

시인 아동문학가 계간『시와징후』발행인

흰수염고래의 전설

우주로 향한 첫 번째 불빛이 눈을 떴다
국토 최남단 마라도 언덕에서
흰수염고래가 보내는 최초의 수신호를 들었다

아이슬란드의 푸른 기둥으로 깨어나
대서양을 지나고 인도양을 지나
우주로부터 온 신령스러운 불빛 하나가
어머니의 심장이 녹아 있는 독도의 이정표가 되었다

지상의 모든 심장이 녹아내리고
바다의 핏줄을 기억하는 흰 깃발이
파도의 본적을 노래하는 곳,
한강 낙동강 영산강의 뿌리를 거슬러 올라
마다가스카르의 혈맥이 춤을 추는 곳,

새벽마다 새로운 생명이 태어나고
새벽마다 새로운 숨소리를 빚어내는
백오십만 킬로미터에서 길어온 불빛으로
어머니의 자궁은 새로워지고
아버지의 핏줄은 뜨거워졌다

나 때와 라떼

사십오억 년 전 천지에서 발원한 불빛
백록담의 흰 사슴으로 깨어나
마라, 마라, 마라의 대지를 열어
어린 물고기가 눈을 뜨고
어머니의 발자국이 첫 발을 내디뎠다

오대양의 물결이 같은 무늬로 모여들고
육대주의 언어가 흰 팔각기둥 아래로 몰려와
천 년의 빛을 출산하는,

여기, 우주의 어둠을 지배하는
흰수염고래 한 마리
마라도 언덕에서 희망의 눈을 뜨고 있다

등대는 눈물이 절반이다

나는 파도였다
그린란드에서 태어나 대서양 인도양 태평양을 지나
불빛 하나만 보고 달려온 맹수였다
한 번도 쉬지 않고 밤이나 낮이나 별자리 하나만 보고
삼십여 년 전 아버지가 마중 나와 있는
어달리 언덕 묵호 등대를 향해 달려왔다
수평선을 건널 때는 돌고래 떼가 되어 따라왔고
무인도를 지날 때는 괭이갈매기가 되어
물길의 방향을 일러주었다
우리 땅 이어도에 도착하자마자 제주 비바리들의
고독한 울음소리를 듣고
멀리 백두대간의 푸른 파도를 우러를 때
동해 바다도 춤을 추며 따라왔다
구룡포 강구 죽변 임원항을 지나는 동안
항구마다 밤새 꿈을 꾸고 있는 물고기들이 따라왔다
어두운 밤바다 위에 빛 한줌 뿌려놓고 희망이라
부르는 이의 음성이 들려왔다

인생의 절반을 무인도의 유일한 희망으로
고독하게 살아왔던 사람,
태풍이 등대의 유리창을 부술 때도
온몸으로 등불의 심지를 지켜냈던 사람,
불빛의 온도가 뜨거워지는 저녁이 오면
삼십 년 전 아버지의 그림자는
그린란드의 등대로 향하고
푸르고 시린 눈물을 길어와 밤바다에 뿌려놓았다
파도가 태어나고 파도가 잠이 드는 곳,
나는 그 바다 위에서 사랑의 기억을 잃어버린
그리움의 무늬가 되어 너를 기다린다
늙은 별의 수염이 되어 너를 불러본다

건원릉 가는 길

태조가 누워 있는 검암산을 오른다
육백 년 동안 누가 그리고 갔는지 장발로 누워
멀리 굽이쳐 흐르는 한강을 바라보고 있었다
능을 오르는 길목, 낙엽 속에서 싸락눈의
신음 소리가 들려왔다
육백 년의 세월을 켜켜이
쌓아 놓은 바람이 깃발처럼 따라왔다
뿌리는 흙의 말을 적고
구름은 하늘의 말을 받아 적었다
그러나 나는 아무 소리도 들을 수 없었다
바람을 따라갈 수도 없고
뿌리를 따라갈 수도 없고
구름을 따라갈 수도 없었다
봉두난발한 태조의 머리끄댕이를 잡고
하소연할 수도 없었다
그저 흙의 말을 전하는 낙엽의
신음 소리를 들으며
오백 년의 기억을 더듬어 볼 뿐이다
가슴이 비어야 우는 목어처럼,

나 때와 라떼

박
명
현

비
원
문
학
회

再會를 기다리며

무서리가 내리던 날
꽃잎으로 수놓은
꽃밭을 밟았다
그녀와 다시 만날 날을 그리며
작은 목소리를 꽃밭에
묻었다

떠나간 갈바람도
첫눈 내리고
진달래 개나리 피고 지면
다시 돌아오겠지
첫날밤, 새색시처럼
가슴팍을 파고든
한 줌 갈바람을 제 갈 길로
떠나보냈다

칠 년 전 어느 가을날
솔향기를 닮은 친구가 따라주던
솔잎 막걸리 한 잔은 남아 있는데
여인의 모습은
바람 꽃이 되었다

오늘따라 깊은 하늘은
여릿여릿 지나가고
시린 가슴 따라
내 눈 속엔 주산지*만 가득
들어왔다

---

* 경북 청송에 있는 연못

박명현   19

앤트밀_{antmil} 현상

안개 낀 새벽녘
그리움이 훌쩍 다가온다
건널 수 없을 것 같은
삶의 끝자락을
건넜나 싶었는데
그림자처럼
곁을 맴돈다

폭우 속에
항로를 잃은 배처럼 허우적거리다
가슴속에 하얀 폭포를 만들고
눈앞에 흰나비가 나풀거린다

제자리를 맴도는 개미 떼처럼
언제나 그 자리에 선 듯
삶의 이정표도
파도처럼 부서지고
쇠 말뚝처럼 자리 잡은
너는
그리움이다

쑥떡 밥, 샘물 국

청명 한식이 지난 지 열흘이나 되었다
만개했던 벚꽃도 생을 다하고
파릇한 새싹이 돋아 나와
연초록으로 갈아입고 있다

오늘은
봄비가 온종일 내리고 있다
빗소리에 봄의 등에 올라탄 기분을
느끼는 한낮,

점심으로 무얼 먹을까 생각하다가
칼국수나 쑥이 들어간
된장국 생각이 났다

내가 어릴 때 살았던 곳은
소백산 골짜기에 자리 잡은
경북 영주시 부석면 소천리 두둘마을이다

나 때와 라떼

윗동네가 30호 정도 되고
언덕 밑 양지바른 곳에 네 집이 옹기종기
자리 잡고 있었다

우리 집은
안채와 사랑채로 나뉘어 있었고
안채 끝자락에 디딜 방앗간은
동네 아주머니들의 놀이터였으며
안마당과 사랑마당으로 나뉘어
제법 집이 컸다

야트막한 돌담 너머로는 남산마을이 보이고
논과 밭이 한데 어우러져서
마치 바다에서 너울이 일렁거리는 듯했다

언덕에는 감나무 밤나무가 즐비하게
자라서 운치를 더해주고
집 뒤 뜰에는 오죽이
군락을 이루고 있었다

바람이 불어올 때는 대나무 부딪치는 소리가
비가 오는 듯, 신비로운 음감을
들려주곤 했었다

꽃을 좋아하시던 어머니는
돌담을 타고 넘는 넝쿨장미를 길러서
담장이 장미꽃으로 변했고
황매화가 운치를 더해
마치 한 폭의 그림 같았다

그곳에서 아버지는
할머니를 모시고 5남매를
기르셨다

큰 누님은 출가를 하시고
일곱 식구가 오순 도순 부러울 것 없이
지냈다
고모님도 일곱 분이나 계셔서
어느 날이고 손님이 없을 때가 없었다

나 때와 라떼

여름밤이면 감자에 옥수수를 간식으로
준비하고 댓돌을 무대 삼아
노래를 부르며 이야기가 끊이지 않아
달이 마당 한가운데에 이르기까지
놀곤 했었다

우리 집에 손님이 끊기는 달은
내 기억으로 3월 중순부터 5월 중순까지로
기억된다

넉넉하지 못하던 살림에
농사를 시작하고 춘궁기가 찾아오면
우리 집에도 보릿고개가 시작되곤 했었다

어머니와 할머니와 누나는
파릇파릇하게 자라나는 쑥을
아침마다 들판과 언덕을 헤매고 다니며
뜯어오셨다

박명현   25

아기처럼 보드라운 솜털을 가진
여린 쑥을
소쿠리며 냄비며 그릇마다
가득 뜯어 오면
바위틈에서 솟아나는 맑은 샘물로
깨끗이 씻어서 켜켜이 밀가루를 입히고
솥에서 익혀내면
고슬고슬한 쑥떡 밥이 되었다

먹어도 배가 부르지 않고
허기가 졌던 쑥떡 밥
그때는 그 밥이 그렇게 싫었었다
저녁마다 소반 한 가득 쑥떡 밥이
나오는 것을 볼 때
철없는 아이 얼굴은 일그러지고
하늘만 쳐다보고 있었다

나 때와 라떼

쑥떡 밥 옆에는
샘물이 국을 대신하여 올라왔다
어떤 시인의 「별국」이란 시도 있던데
그분의 고향은 그래도 좀 나았던 것 같다

싫어도 먹어야 한다는 어머니 말씀에
하늘을 쳐다보며
질겅질겅 씹어 삼켜야 했다
목구멍에 자꾸 걸리던 쑥떡 밥을
샘물을 국 삼아 끼니를 때웠다

별국에는 달도 있고 별도 있었다던데
샘국에는 그것마저 없었다

샘국을 싫어하는 아들을 보면서
어머니는 언젠가부터
간간한 맛을 첨가하기 시작했다

박명현

길어온 샘물을 항아리에서 그릇으로
옮겨 담을 때
떨어지는 어머니의 눈물 맛이 아니었을까

달도 별도
어머니 심정을 알았던지
더는 하늘에 떠 있지 못하고
구름 속으로 숨어들었다
어슴프레 한 저녁 나절,
쑥떡 밥으로 생을 이어가던 그때

그 쑥떡 밥이
오늘은 점심으로 먹고 싶다
달 뒤에 숨어 가슴 시려 했던
어머니가 지어 주신 쑥떡 밥
이젠 어머니만 다시 볼 수 있다면
볼이 터지도록 먹어 보고 싶다

한참 혼자 생각에 잠겨 있다가
푸~, 긴 한숨 몰아쉬고
도다리 쑥국을 판다는
백반 집을 찾아 나섰다

지금 길음역은 그대로인데

눈 오는 날도
비 오는 날도
꽃 피는 날도
꾸역 꾸역 그곳으로 향했었다

그곳을 향해 가다 보면
설렘이 아지랑이가 되기도 하고
두려움이 소나기로 따라와
외진 골목길에 멈춰서기도 했다

사방을 가로 막고 있는 콘크리트 벽면 사이로
철 이른 나비 한 마리가 흰 구름 사이로
지나가다 나를 힐끗 돌아 보았다

나 때와 라떼

한 때는 사랑을 꿈꾸던 그 곳
한 때는 행복을 꿈꾸던 그 곳이었는데
이제는
영화의 마지막 장면 속
엔딩 크레딧처럼
수많은 이름들 속으로 추억마저
밀려나고 있다

자유를 찾은 할머니의 꿈

자유를 동경하는 할머니
전철역 대합실에서
별을 따서 가슴에 묻고
톱 스타가 된다

남남처럼
연인처럼
파 뿌리로 변한 세월을 딛고
할아버지 곁에서
배우가 된다

일곱 살 소녀처럼
마냥, 신기해하는 할머니는
손깍지 끼고
칡넝쿨처럼 감고 있는
할아버지 품 안에서
새싹처럼 비집고
춤을 춘다

나 때와 라떼

별과 달이 반짝이는 세상을
꿈꾸며
사랑의 끝자락은 이유 없이 황홀하다고
충무로 대합실에서
연극을 한다

이런 세상
저런 세상을 펼쳐 보이며
골수 팬인
그이 앞에서 배우가 된다

황혼의 갯벌

집으로 돌아가지 못한
물방울들이 모여 있다

때가 왔을 때
떠나지 못한 것들은
결국 미련에 갇히고 만다

저녁 햇살에 물든 노을은
하얀 서릿발로 변했다

함께 하지 못한다는 것은
쉽게 사라져버리는
안개와 같은 것이다

썰물이 된 갯벌은
상처투성이다
누군가의 먹이가 되고
누군가를 길러낸 바다의 어머니

나 때와 라떼

떠나지 못한
한 줌의 물이 또 다른
생명이 된다

그리고 민물이 밀려오면
갯벌은
두 손 벌려 바다를 안는다

여행지에서의 밤

어둠이 짙어지는 동안
가오슝 사랑의 강가*에는
청춘 남녀들의 사랑이 피어난다

꼬마 열차는 덜커덩 거리며
여행객을 실어 나르는데
피곤에 지친 아내는
새우처럼 의자에 기대 잠을
청한다

언젠가부터 아내의
콧노래가 듣기 싫어
건넌방에서 밤을 보냈는데
사랑의 강이 보이는 철길 옆 호텔에서
신혼 시절처럼 합방을 했다

---

* 대만 가오슝 시에 흐르는 강

나 때와 라떼

반쯤 벌어진 입술에
수영선수처럼
물 뿜는 소리를 쏟아내며
숱 많던 검은 머리는 하얗게 시들어 있다

커튼 사이로
새어 들어오는 불빛에 비친
세월의 벽에 서러움만 밀려나
더불어 산지 사십 년이나 지난 여행지에서
그렁그렁 눈시울이 뜨거워졌다

꽃다웠던 새색시 모습은 어디 가고
세월의 고갯길을 넘어가는
나그네 되어
서러움도 노여움도 없는
꽃불이 되었다

그래, 이제라도
마음의 꽃물을 들이고
은빛 강물에
지나간 사연을 썼다가 지우며
밤새 달빛을 따라가야겠다

나 때와 라떼

김
철
홍

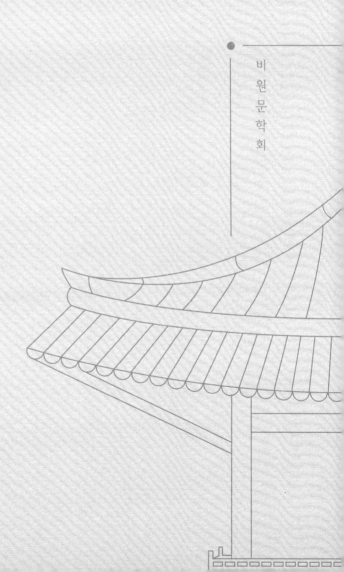

비
원
문
학
회

옥탑방에서 본 풍경

떠돌이 개 두 마리가 지나간다
남자아이들이 공놀이를 하느라 시끌벅적하다

여자아이들은 고무줄놀이를 하고
마을 사람들은 부채를 부치며 언덕배기
느티나무 아래 평상에 앉아 망중한 중이다

좁은 마당을 가로 지른 빨랫줄엔
아이들의 빨래가 매달려 수다를 떨고 있다
언덕 꼭대기 학교에선 아이들 웃음소리가
하루 종일 마을로 내려온다

가난하지만 평화롭고 따뜻했던 시절,

어느새 그리움은 내 머리를 하얗게 물들이고
옥탑방 골목을 지나가는 아이들의 웃음소리도
사라진 지 오래되었다

나 때와 라떼

청소차가 새벽길을 지나가느라
텅 빈 골목이 깨어나고 있다

바람은 행복하다

꽃도 나무도 스쳐간다

꽃향기는 짧아서 더 안타깝다
나뭇잎은 지는 순간이 더 아름답다

인생도 짧기에 살 만하다
짧은 만남은 여운을 남기고
다시 만날 수 있기에 헤어짐은 슬프지 않다

인생은 그렇게 바람처럼 왔다가
바람처럼 사라질 때 향기롭다

나 때와 라떼

연어와 석류

바람이 불어 아내의 머리카락이 날린다
속에 숨어 있던 흰머리가 드러난다

못 본체 한다

내겐 아직도 앳된 얼굴이지만
남들이 보기엔 중년 아줌마가 되었다

석류알이 좋다는데 사다줄까

내 앞머리가 반쯤 희어진지 꽤 지났지만
아내는 한 마디도 하지 않는다
연어알이 남자에게 좋다는데 아내는 사주지 않는다

모른 체하고 연어알과 석류를 사갈까

김철홍   43

화전민 집터

깊은 산 작은 계곡 옆 무너진 돌담
정성스레 이 담을 쌓았던 이는 누구의
아버지, 어머니였을까

자식과도 같은 씨앗을 소중히 모시다
이 산 저 산 다니며 흩뿌려 온 식구 먹을 만큼 수확했을까

솎아도 솎아도 다시 나오는 잡초를 뽑고
하루 종일 허리 숙여 고달픈 삶만 살다

빈 집터만 남겨놓은
울 아버지, 어머니는
어느 산 어느 골짜기로 갔을까

나 때와 라떼

가로수

비명을 지르지 않는다고
고통이 없는 것이 아닐 터인데
삭막한 도시의 굉음에도 우두커니 서 있는 너

행인들은 추위에 옷을 갈아입어도
너는 맨몸으로 항상 그 자리에 있구나

낯선 곳에 심겨
삭막한 도시의 외로움에도
봄이면 어김없이 꽃을 피우는 너는
세상 그 어느 성자보다 고결 하구나

김철홍   45

이
영
순

비
원
문
학
회

봄의 서곡

긴 겨울밤 어둠을 밀어내는
물레질에 손끝은 아려 오고
목젖은 허연 쉰 소리로 울어댑니다

서리서리 떨리는 손놀림으로
자아낸 실타래
몇 개인지 기억조차 할 수 없고

파충류로 조류로도 간주되지 못한
시조새의 슬픔이
화석을 깨고 비상하는 꿈을 꾸듯
짧은 봄날의 아쉬움으로 떨던 은매화 향이
아직은 빗장 풀지 못한
시린 삶의 언저리를 기웃거리고 있습니다

4월의 한낮

화사한 꽃잎에
내려앉은 바람, 꽃비를 만들고
소리 없이 떨구는 나무의 눈물
사월의 한낮을 곱게 적시고 있다
그 계절의 한가운데
소풍 나온 할머니와 손녀
벚나무가 만들어 낸 그늘 아래
할머니는 세월의 담금질로
아장아장 예쁜 봄날을 줍고 있는
사랑스러운 손녀의 풍경 속에
사월의 한낮이 따사롭게 구워지고 있다

이영순

그곳엔

고향집 앞마당을
지키고 있는 주인 잃은 장독대

대가족의 맏며느리로
녹록지 않은 시집살이에
서러움의 훔친 눈물
화석으로 피어나고

어머니의 손끝에서
반짝반짝 빛이 나던 항아리
주인의 부재를 온몸으로
보여주고 있다

그리움에 돌아보니
옛 추억이 새록새록
줄지어 기억을 소환하고

나 때와 라떼

어머니의 손끝에서
세월을 저울질하던
씨 간장 항아리

본향에 오르신
어머니를 대신하며
시간을 갈무리하고 있다

가을빛 드리운 우체국 앞에서

위대했던 여름,
첼로 소리를 만들어 내느라
바쁜 틈새에 갇힌

미완의 시간을 불러내고
고추잠자리 꼬리 끝에 매달린
붉은 노을빛 한 줌 끌어다
그대에게 편지를 쓴다

젖은 마음 말리지 못해 아침을 맞도록
끝내 완성하지 못한 채
수호신처럼 우체국 입구를 지키며
하얗게 졸고 있는 빨간 우체통을 깨워
묻고 있다

혹시 가을빛 곱게 물들어 가는
하루의 서성임을 보았는지

시월의 마지막 날

곱게 물든 단풍을 편지지 삼아
당신 향한 지경(地境)을 넓혀 가는
그리움을 써 내려갑니다

잡는다고 머무를 수 없는
매정하리만치 냉정한 뒷모습 보이며
돌아서는 시월의 마지막 날

무슨 연유(緣由)에서 일까

나도 모르게 가슴 적시며
차오르는 눈물 행여 누군가에
들킬세라 시치미 뚝…
마음 봉투에 꾹꾹 눌러 담아 봅니다

이영순   53

김
지
운

비
원
문
학
회

나비

살랑 살랑
다가서는 하얀 송이

어깨 너비
한 자도 안 되는데
팔랑 팔랑
잘도 도네

눈 위에서도
살랑 살랑
아랫도리 끈에서도
팔랑팔랑

꽃송이 잡아
손등 위에 놓으니
벌러덩

나풀나풀
달님에게
올라가네

솜 수건*

춥지 말라고
씨앗 묻을 때
흙을 덮고
목축이라고
반 사발
물을 뿌려준다

춥지 말라고
모시옷 곱게 입히고
꽃을 채우고
노잣돈 쓰라고
입에
옥구슬 세 알 넣는다

---

* 12월 3일은 누이의 기일, 초등학교 6학년 때 돌아가신 누이를 생각하면 해마다 12월은
　너무 춥고 쓸쓸하다

내 갈 때에는
모시옷도
옥구슬도 넣지 마라
하얀 솜으로 구녕만 메꾼
그 아이
눈물 닦아 줄 만큼만
솜 수건 넣어주라

하얀 찻잔

믹스 커피를 담고
구겨진 하루의 신음을 턴 뒤
뜨거운 물을 부어
떫은 입안의 잔해를 헹군다

고소한 커피 향기는
덧없던 흐름을 끊어주고
한 모금 섭섭해
다시 들이키면 온몸이 풀린다

쓰디쓴 담배 한 모금을 빤 뒤
하얀 찻잔에 꽁초를 꽂다 보면
찻잔은 무덤이 되고
어제를 기억하듯 꽁초는 향을 피운다

돌이켜 보면
이기는 것보단 지는 것이
바로 서는 것보단
잘 넘어지는 것이 아프지 않았다

하얀 찻잔에 하나 남은 꽁초를 꽂고
독한 연기를 삼키면
구천九泉*을 떠돌지 않게
내 마음은 하늘이 된다

---

* 죽은 뒤에 넋이 돌아가는 곳.

흰둥이

지나치는 길에서
우연히 만나는 친구가 있습니다

눈빛은 다르지만
꼬랑지 흔들며
반갑게 혀를 내밀고
내 손과 얼굴을
핥아 주는 친구

어느 곳이든
지나치다 눈 맞으면
발길이 멈춰 서는 것은
그리움 때문일 테지요

나 때와 라떼

그 친구만큼
가냘펐던 내 마음엔
굵어진 가지만큼
곧고 단단할 줄 알았는데
여린 가지는
봄바람도 버거울 수 있듯
내 마음은
아직도 여리기만 합니다

그래도
우연히 비슷한 친구가
눈 곁을 줄 땐
나는
가던 길을 잠시 세우고
손 내밀다 갈래요

강릉에 오면

강릉에 오면 나는 다시 태어납니다
터졌던 고름도 아물고 살이 돋아나지요
널려진 소나무 사이를 걷고 나면
흐릿한 내 마음도 푸른 잎이 됩니다

강릉 새벽 번개시장을 돌아다니다 보면
가끔 잊어버렸던 보슬비가 내립니다
조금 챙겨 보겠다고 할머니들이 챙겨 오신
아침 채소를 사다 보면 착한 마음의 문이 열립니다

강릉에 오면 막혔던 콧구멍 사이로
이름 모를 꽃향기들이 뒷머리까지 손님 되어
해야 할 일이 산더미지만 잠시 모든 걸 뒤로 밀고
자정을 넘어서도 꽃밭에서 떠나질 못 합니다

강릉에 오면 집으로 가는 티켓을 숨깁니다
평안하고 아늑하긴 집이 가장 좋을지 모르지만
한때 누구보다 그리워하던 해변이 있어서
한때 무엇보다 소중해 했던 백두대간이 바로 앞이어서
집으로 되돌아가는 길을 지우게 됩니다

강릉에서 잠을 자고 꿈을 꾸려 하면
꿈이 꿔지지 않습니다
꿈속이 강릉이라
강릉에 오게 되면
잃어버렸던 흰둥이도 절교한 막냇동생도 용서가 됩니다
강릉에 오면 훑고 지나간 바람이 모두 알아서
나를 씻어 주고 갑니다

어머니의 빨간 다라이

아줌마!
"꼼장어 한 접시, 갑오징어 한 마리 주세요".
"소주는 빨간 놈으로요."

백열등 아래 소주잔, 젓가락이 흔들거리는
포장마차에서
엄마를 부르는 소리를 들었을 때가
내 나이 열 살 무렵이었다

오리 알 전구가
소리 없이 흔들릴 때마다
내 눈동자도 흔들렸다

새벽녘이 되어 돌아오는
엄마의 빨강 다라이에는
세상의 짐을 덜어낸 흔적들이 즐비했다

나는 엄마가 다라이를 내려놓을 때만

나 때와 라떼

눈이 빠지게 기다리며
탁구공만한 눈깔사탕의 등장을 기대했다

세월은 흘러 그날의
빨간 다라이는 퇴물이 된지 오래다
한참 젊었던 엄마의 손등은
거친 파도처럼 출렁거렸다

끝없이 밀려왔다 밀려가는 게
인생이라고 했던가
검푸른 바다 위로 저무는 노을처럼
미소 짓는 당신의 얼굴위에
꽃 무지개만 저물고 있다

김지운   67

때가 되면 피는 꽃

몸에 가끔 붉은 반점이 올라옵니다
음식을 잘못 먹은 것도 아닌데 몸살처럼
올라오는 연분홍 꽃은 계절을 어긴 적이 없습니다

다시 네 살로 돌아간다면
아버지에게 말하고 싶은 게 있습니다

"아버지 각목角木으로 그만 좀 각角 잡으세요."라고

목수셨던 아버지는
내가 마음에 안 드셨는지
때마다 각목角木으로 나를 각 잡으셨습니다

말 안 듣는다고 각목으로 한 대,
공부 안 한다고 각목으로 한 대,
이쁘다며 각목으로 한대…

한때는 봄날 모낸 논을 온통 휘젓고 다녀
온몸에 검은 꽃이 필정도로 각 잡힌 적이 있었습니다

나 때와 라떼

그 이후로 방문 앞에 서 있는 각목을 보면
아버지도 없는데 각목을 피해 방으로 들어가곤 했습니다

지금 생각하면 참 서러운 나날이었습니다

양양공항으로 출장을 나온 날,
오가는 길에 논에 물댄 곳이 많더군요

일일이 사진을 찍지 않은 것은 기억의
습작을 하지 않으려는 습관 때문일 것입니다

양양공항 옆 설해원*을 거니는 동안
마음이 참 평안해지더라고요
친구에게도 자랑삼아 사진을 보내주긴 했는데,

논에 물을 댈 즈음 몸에 올라오는 연분홍 반점도
상쾌한 소나무 숲이나 푸른 바다를 보면 말끔히 사라집니다

---

* 양양공항에 인접한 골프장

김지운   69

아버지가 돌아가신 나이보다 10년을 더 산 지금
그때는 이해 못 했지만 지금의 내 처지를 생각하니
자신이 세우지 못한 각을 내가 따라 할까 걱정이 앞서
각목_{角木}으로 각 잡으셨나 봅니다

이제 아버지 계신 곳에는 날카로운 각 보다 둥근 박처럼
평안히 계셨으면 좋겠습니다
가끔 몸에 당신이 새겨준 마음의 꽃을 보며 원망도 했지만
뜻 없이 그리워지는 것은 미움만은 아니겠지요

나 때와 라떼

물눈

얼큰히 취한 다음 날엔
해장라면 끓인다

벌개진 볼은 수줍은 듯
옅은 미소를 피우고
양은 냄비에 어제를 채운다

소주를 많이 먹은 다음날엔
물의 양이 많아지고
상처를 적당히 먹은 다음날엔
물의 양도 적당하다

살아가는 것도
이렇게 적당하면 좋을 텐데
늘 취하는 인생이라
넘치는 눈물은 마르지 않는다

김지운   71

이
봄

비원문학회

본명 (이상옥)

지붕 위의 해후

바람결도 누운 한적한 오후
지붕 위로 날아가는 노랑나비 한 마리
날갯짓을 멈춘다

지붕 위, 작은 우주에
나비와 목와_{木瓦}는
한 때, 그들이 속해 있던 숲을 그리워한다

옛 시절을 피워 올리던 나무향기가 나더냐

바람 따라 나뭇잎이 춤추는 숲속
햇살은 이끼 위에서 반짝이고
나뭇가지 틈새로 쏟아지는 빛을 안고
너의 날개는 향기로운 꽃잎 속에 머물렀고
나는 촉촉한 숨결 속에 뿌리내렸지

나 때와 라떼

어느 날,
벌목꾼에게 끌려 나왔던 나는
조각조각 나뉜 채 기와가 되었지
그날부터 지붕이 되어
별을 보며 살고 있지

향기로 기억해 주는 나비야
날개 끝에 묻혀 온 너의 기억이
내게 닿을 때마다
깊이 잠들어 있던 나의 향기가 깨어나는구나
그럴 때마다 나는 다시
숲의 숨결로 녹아들게 되지

맨살로 비바람을 방어하느라
휘어지고 갈라졌지만
네 날개가 한 번씩 펄럭일 때마다
내 마음은 평화를 찾게 되지

이 봄

그리고
서로를 향한 그리움이
한낮의 지붕위에서 햇살처럼 반짝인다

나 때와 라떼

저녁에 오는 이별

저녁이 오면, 모든 것은 이별을 배운다
오늘의 빛을 내려놓고 어둠의 품에 안긴다
묵묵히 서로의 경계를 허물어간다
한 꺼풀씩 가면을 벗기며,
보이지 않는 것들과 작별을 고한다

우리가 저녁마다 이별을 마주하는 것은
진짜 이별의 시간이 다가올 때
마음이 놀라지 않도록 연습하는 것이다

그러나 우리가 매일 연습해 온 이 작은 이별도
진짜 이별의 순간이 오면
당황하고 허둥댈 것이다

어쩌면, 저녁에 오는 저 노을은
매번 새롭고 낯설게 우리를 시험하고 있는 것이리라
그리하여 모든 이별이 슬프지 않도록
다리를 놓아주는 것이리라

단풍, 너머

사명을 다한 초록은
단풍으로 마음속 불씨를 모두 뱉어낸다

얼마나 긴 시간을 견뎠을까

보이지 않는 상처 속에서
바람결에 연마되고
태양의 손길에 익힌 찰나의 빛,

그 찬란한 순간을 위해
곧 사라질 운명도 불평하지 않은 채
생의 절정에서 마지막 꽃을 피우고
낙하한다

누군가는 그저 무심히 지나치지만
누군가는 생의 깨달음을 새기며
한 번쯤 단풍처럼 빛나고 싶어 한다

나 때와 라떼

모든 사람이
붉게 타오르지 못한다

빛을 잃은 채,
조용히 사라지는 별도 있는 것처럼
단풍이 아름답지 않았다면
나무는 아마 낙엽 지는 고통을
선택하지 않았을 지도 모른다

삶은 빛처럼 불타오르지 않는다 해도
그 속에서 자라난 것들은
가슴속에 간직할 줄 안다

땅에 떨어져 흙이 되고 나면
다시 생명을 낳는 것처럼
단풍이 곱게 들지 못했다고 하더라도
부끄러워하지 않아도 된다

이 봄

삶은 언제나 저 너머
잎이 떨어진 후에도
언제나 새로운 시작은 기다리고 있을 테니까

나 때와 라떼

낡음의 진실

문턱을 넘어설 때마다
시간의 흔적들이 발끝에 닿는다
무엇엔가 긁히고 닳은 나뭇결마다
묵묵히 지나온
한 생의 이야기가 숨어있다

한때,
차갑게 반짝이던 창문 틈으로
햇살은 느릿느릿 스며들고
바람은
오래된 침묵을 흔들며 지나간다

누군가는 어차피 버릴 것이니
괜찮다고
또 누군가는 곧 잊힐 것이니
걱정하지 말라고 말하겠지만
낡음은
언제나 오래된 진실을 품고 있다

이 봄

수많은 손길이 보듬고 지나간 자리
세월의 무게가 달라붙은
그곳엔
어느 새벽, 별들의 울음소리와
누군가의 속삭임이 남아있다

벽에 걸린 그림이 바래고
햇살이 머물다 간 자리에
달빛이 자리를 바꾸어
주름살을 펼치고 나면
웃음과 한숨의 얼룩만 남아
그늘을 우러른다

낡음은 그저 오래된 것이 아니다
진실을 안고 지켜 온 세월
수많은 시간을 넘어서도
변치 않는 마음의 기억이다

그 오래된 창을 열면
바람은
아직도 처음의 숨결로 다가온다.

바람 부는 날

흐린 하늘 아래
노랗게 물든 잎사귀들이
바람에 흔들린다

바람 소리가 귀에 닿을 때마다
지난날이 떠오른다
견디기 힘들었던
그 날,

그러나 나는 그 바람을 뚫고
여기까지 왔다
떨리는 가지 끝에서
떨어질 듯 말 듯 버텨낸 나뭇잎처럼

지금은
창 너머로 부는 바람을
바라볼 수 있는 여백이 생겼다

나 때와 라떼

마음 한구석으로
쓸쓸함이 피어나지만
그 너머에선
알 수 없는 평온이 지나가고 있다

바람은 계속 불겠지만
나는 그 바람에 흔들리며
더 깊이 뿌리내려야 한다는 걸 깨달았다

때론 멀리 바라보는 눈으로
때론 가까운 눈높이에서
나를 발견한다

바람은 여전히
가을 속을 지나가고 있다

이 봄

강
명
희

오월의 바람

오월의 보드랍고
따스한 바람은
늦장 부리고 있던 꽃들마저
화들짝 깨어나게 합니다

꽃들이 부지런히
피고 지는 사이
나뭇잎들도
계속 잠들 수 없어
일제히 일어나 초록 옷으로
갈아입습니다

싱싱하고 부드러운
오월의 바람은
살랑살랑 나부끼며
대지의 초록들을
점점 짙게 물들여 가네요

사랑스러운 오월의 바람은
치열하게 살아내는
우리의 나날들을
소중하게 깨우는 중입니다

인생도 살아보면 별것 아니라고
오월의 따스한 바람결에
강퍅해진 마음일랑
안심하고 맡겨보라고
손짓하는 중입니다

말이 안 되는 그리움

미안해,
내 사랑은
그런 게 아니라고
뿌리치며 세상을 살아왔다

굽이굽이 비탈진 세월
참 산다는 게
별로 대단한 것도
아니라는 걸
뒤늦게 깨달으며
비 오는 가을 저녁
그리움만 적시고 있다

멀리서 안부를 묻는다는
소식 들려왔지만
말이 안 되는
미안함 때문에
그리움은 접고
쓸쓸함만 안고 간다

90   나 때와 라떼

초록빛 당신

아득하고 좁은 골목길에서
우연히 당신을 만났습니다
순간
그 좁은 길이 초록 물감을
뿌려놓은 듯
봄빛 가득한 세상이 되었습니다

그때 맑은 하늘처럼
순한 미소를 짓던 당신은
순정 만화 속에 파묻혀 살던
나를
가만히 문 두드려 불러냈지요

아, 생각만 해도
파릇파릇하던 순간이었습니다

살아오는 동안
한파가 몰아치는 한겨울 날씨가 와도
그날 그 초록빛 봄빛을 기억하며
견딜 수 있었습니다

강명희

꽃송이 떨어지듯

해 질 무렵
학교 운동장을 돌다가
초록색 화단에 싱싱하게 피어있는
무궁화 꽃을 보았다
화려한 봄꽃들이 지고 난 후
우리나라의 꽃답게
은근과 끈기를 보여주는 듯
싱싱하게 피고 또 지기를 반복한다

어제 밤 장맛비에 후두둑 떨어진
무궁화 꽃송이들이
나무 밑에 수북이 깔려있다

겨울의 끝자락을 물고 피어난 동백꽃은
툭, 꽃송이를 떨구며
요절한 미인 같다고 했는데
무궁화 꽃의 낙화는
꽃봉오리 시절로 돌아가
자기 몸을 돌돌 말고 떨어져 있구나

나 때와 라떼

자신의 추한 모습을
보여주지 않으려는 듯
꽃잎을
돌돌 말고 떨어졌구나

아, 나의 마지막도
무궁화 꽃송이처럼
그렇게 맞이할 수 있기를
기도 한다

강명희

산들바람

열 돔 속에서
도무지 빠져나올 줄 모르던
여름을 보냈다

세상에 태어난 후
이런 여름은 처음이다
티브이 속 어떤 노인의 말처럼
참 고단하게 건너온 여름이다

언덕배기를 숨이 차게 오르듯
8월 달력이 넘겨지고
9월에 접어드니
선선한 산들바람이
머릿결을 스쳐 지나간다

나 때와 라떼

오, 드디어
여름이 지나가는구나
고마운 바람,
나도 누군가에게
무더위를 씻겨주는
한줄기 선선한 바람 같은
사람으로 기억되고 싶다

강명희

김
지
안

비
원
문
학
회

잣 까는 소리

가평에서 잣 까는 소리가 들린다

갑돌이 엄마가 입을 열고 잣을 깐다
주워 담을 수 없이 여기저기 흩어지게 잣을 깐다
흩어진 잣을 모으려면 힘이 들 텐데

멀리서 계정자도 잣을 깐다
쩌렁쩌렁 큰 목소리로
"나는 원래 그런 사람이야"라며
툭툭 잣을 깐다
잣송이 알갱이만큼 서운함도 까는구나

신사동 조소리네도 잣을 깐다
어쩜 그리 요목조목 알뜰하게
잣을 깠을까!
잣나무 이파리마냥 뾰족한 성질로
한 가닥 한 가닥 잣송이 알을
잘도 엮는구나

스트로브잣나무의 늘어진 잎 마냥
축 처진 인생들,
여기저기서 제멋에 겨운 잣 까는 소리가 들린다

살아 보니
잘났다고 하는 사람들의 헛소리를 들을 때마다
나는 속으로 생각한다

"잣 까는 소리 하고 있네"

이영순   99

엄마의 옥수수

엄마의 손끝에서 태어난 너
칠월 땡볕의 땀을 먹은 너
잘 뻗은 다리 사이의
단단한 맛은 엄마의 마음이다

엄마의 손끝에서
태어난 너
유월의 싱그러움을 먹은 너는
점점이 잘생긴 얼굴의
포근한 맛까지 엄마의 손길을 닮았다

엄마의 손끝에서
태어난 너
사월의 자유로운 바람을 먹은 너는
조신 조신 까칠함의
쓸쓸한 맛까지 엄마를 향한 그리움을 닮았다

나 때와 라떼

엄마 엄마 엄마…
너희들은
그렇게 나에게 와서
나를 엄마로 완성시켜주었다

이영순

여기서 저기까지 다 내꺼

바다도 내꺼
산도 내꺼

우리 아빠 총각시절에 엄마에게
산과 들을 보며
"여기서부터 저어기까지 다 내꺼"라고 꼬셔서
엄마가 홀딱 반해 결혼하셨다고 한다

산도 바다도 내 맘속에 품으면
다 내꺼가 된다

기쁨도 슬픔도 화도 내 맘속에 품으면 다 내꺼가 된다

너의 목소리 웃음소리 표정까지도 내 맘속에 품으면
다 내꺼가 된다

나 때와 라떼

나도 인생을 처음 살아 보는 것이기에
나쁜 것만 품을 줄 알았지
좋은 것만 솎아 내어 담는 법을
몰랐다

이제야 철이 드나 보다
좋은 것만 가슴에 품는 법을 눈 뜨고 있다

행복아, 이제
내 맘속에 들어와 주지 않을래?

우정과 배려의 거리

우정과 배려의 거리 200킬로미터
멀리 떨어져 있었지만 항상 함께 할 수 있었지
핸드폰 너머로 따뜻한 목소리 들을 수 있었지
그러나 너는 우정을 돈으로 바꾸고 말았구나

친구를 향한 배려는 왜 삭제되고 말았을까?
배려가 몸에 배어 살고 있는 내게
배려가 부담이라면 삭제가 맞는 거겠지

친구라는 관계도 노력하지 않으면
어긋날 수 있다는 걸 다시 깨닫는다

용기라는 빛을 나에게도 나누어 주면 안 될까?
숨을 크게 들이마시며. 그래 다시 시작하는 거야
용감하게 뛰어오르자
괜찮아 괜찮아 다 괜찮아
그럴 수 있어

내일은 새로운 해가 뜰 거야

나 때와 라떼

비 오는 가을날

생솔가지를 태울 때 보다
더 진한 눈물이 솟는다

얼마나 오랜 그리움이 모였길래
얼마나 깊은 서러움이 모였길래

아무도 반기지 않는 외로운 길을
홀로 걸어서 걸어서
끝없는 그리움을 쏟아내는가

비 오는 가을날
가슴에서 흘러나오는
님의 노랫소리에
붉은 옷자락이 젖고 말았다

이영순   105

쉰 살 즈음에

지천명, 하늘의 뜻을 아는 나이가 되어간다
무소유를 고집하며
나이 들어가는 것은 서럽지 않지만
마음의 짐을 지고 살아가는 것이 두려울 뿐이다
그저 마음 가는 대로 오늘을
살아가려 한다
내가 살아 있다는 사실이 누군가에게
힘이 될 수 있도록
당당하게 살아가려 한다
인생 뭐 별거 있겠는가
사랑하고 있다면 사랑한다고 말하고
보고 싶은 사람이 있다면
보고 싶다고 말하고
추우면 따뜻한 카라멜 마끼야또 한 잔으로
마음을 녹이면 되지 않겠는가
그리고 정말 외로울 때면
그대 생각하며 유행가 가사라도
흥얼거리면 되지 않겠는가

박
남
주

비
원
문
학
회

만해 마을 북카페에서

산속 북카페가 고요하다
오래된 LP판이 한쪽 벽을 차지하고
책장 가득한 책들이 시선을 사로잡았다
어느새
올해 노벨문학상을 받은 한강 작가의 책도
여러 권 보인다
주인장은 한용운 시인의 정신을
잇고 싶었나 보다

입식과 좌식자리가 널찍하니
카페라테 한 잔으로 고요의 시간을 품는다
편백이 품어내는 빛이며 향이며
눈은 번득이고 코가 벌름거린다

만해마을 깃듸일 나무* 북카페는
시간을 여읜 사람들의
시와 음악이 정감 있게 흐른다

---

* 보금자리에 자리 잡은 나무(깃들일 나무)

나 때와 라떼

과거와 현재가 공존하며
나무고 책이고 사람이고
모두 하나가 되어

생명의 노래를 부르고 있다*

* 만해 한용운의 시 '생명' 마지막 인용

모순이 진화한들

창과 방패의 싸움은 끝이 없다
누가 이기는지 최선의 악을 향한다

"종말의 날 비행기"라는 E-4B가 있다
핵전쟁이 발발해도
고농도 전자기 펄스와
열 폭풍까지도 견디도록 설계되었다
시간당 운용비용이 2억3천만 원이다
첫 모의 훈련 시 구축비용이 132억 원이나 들었다

아프리카에서는 말라리아에 걸린 어린이
한 명 치료용 항생제값이 5천 원이면 족하다

인간은 쓸데없는 일로 계속 다툰다
종말을 재촉하느라
E4–B 비행기가 4대 있다고 하는데
수천 대가 있으면 무엇하랴
핵전쟁이 나면 고작 며칠은 더 버티겠지만
대통령과 지휘부가 살아있으면 무엇하랴
함께할 국민은 모두 죽는데

창은 계속 날카로워지는데
방패는 더욱 단단해지고 있다

박남주   111

어떤 십자가

푸른 하늘에 비친 회색 십자가가 서럽다

녹이 슨 철탑 끝에 우뚝 솟았다
콘크리트 빌딩 위에 높이 서 있다
벽에도 창문에도
십자가 옆에 십자가
십자가 아래 십자가
십자가마다
고난의 흔적이 뚜렷하다

당진 송산면 유곡리 교회는
성도들의 기도가 약했는지
사람이 찾아올 기척은 없고
철탑 상층부의 까치집만 온전하다
십자가 턱밑에 사는 까치는
주님의 은총을 받고 있을까

빛바랜 십자가는
기운조차 없다
푸른 하늘에 비친 까치집,
까치라도 돌아왔으면 좋으련만
십자가에 불을 켤 사택마저 불이 꺼진 지 오래다

어스름한 저녁이 되었지만
저 허름한 십자가는
세상의 기도조차 듣지 못하고 있다

박남주

차창 밖 하늘

닷새째 비가 내렸다
"언제 하늘을 볼 수 있어요?"
"더위보다 낫지 않아요?"
그런 것도 같다

라오스 방비엥에서 비엔티엔으로 가는
고속도로에서 침수지역을 운 좋게 벗어나
비로소 파란 하늘을 보았다

스쳐 지나는 창밖으로
땅과 맞닿은 하늘이 가깝다
한가한 구름은 수평으로
손에 잡힐 듯하고
태초의 우주처럼 청명한 대지가 이어진다
잠시 비를 비낀
들판도 숨을 고르고 있다

우기를 지나는 햇빛은
하늘을 더 푸르게
구름을 더 희게
수풀을 더 싱그럽게
소리 없이 감싸고 있다

손에 잡힐 듯 아늑한 풍경은
기억에 남을 반가운 하늘을 데리고
구름 위를 날아가는
날개를 선물로 던져 주었다

은행나무 아래서

11월 중순, 가로등이 막 켜질 무렵,
양재천 오솔솔 공원 의자에 앉아
저녁 하늘을 바라본다

은행나무에서 황금이 쏟아진다
우수수 떨어진다
비처럼 쏟아진다
바람에 흩날린다
나비처럼 춤을 춘다

시어詩語가 되려면 어떻게 써야 할까?
단풍잎이라고 해야 할까
낙엽이라고 해야 할까
황금이라고 해야 할까
노란 꽃잎이라고 해야 할까,
그 모습에 취해 있는데
아름다운 시어를 찾지 못한 채 바라만 보고 있다

나 때와 라떼

바람결에 따라
우수수 흩날리는 노란 잎이 눈앞에서 파도를 친다
어깨 위로도 내려오고 가슴속으로도 내려온다
나비가 되어 나풀거린다

쏟아지는 은행잎들로 바닥은 이미 융단이다
이파리 사이로 스며든 가로등 불빛도
황금빛 노을을 반짝이고 있다
정신이 혼미할 지경이다

지금 나는 동화 속으로 빨려 들어와
노랑나비가 되고 노란 병아리가 된다
가슴속은 너울너울 춤을 추고
입안에선 병아리 울음소리가 난다

박남주

밝고 따뜻하고, 우아하고 순수한
노란 물이든 은행나무를 쳐다보며
숨을 죽인다
생의 절정을 이렇게 물들이는 저 나무는
얼마나 깊은 깨달음을 얻었길래
저리 다 비우고 떠나가는가

나 때와 라떼

나 때와 라떼

이기심은 누구에게나 있다
요즘 시대가 빠르게 변하더니 사람들도
나밖에 모르는 일상을 살아가고 있다
자신이 무엇을 잘못하고 있는지 알지 못하고
알려고도 하지 않는다
상식과 원칙을 뒤집는다
인간으로서의 예의와 정의가 무시되고 있다
꼴사나워서 한마디 하면 꼰대가 된다
적반하장과 내로남불이 판을 친다
죄짓고도 근거만으로 없애면 그만이다
무전유죄라더니 유전무죄라더니
무권유죄 유권무죄까지 더한다
양심은 엿 바꿔 먹은 지 오래되었다

주차장 출구 바로 앞을 막아선 승용차가
비켜줄 생각은 하지 않고
"곧 나와요!" 한다
조금만 앞으로 움직이면 내 차가 나갈 수 있는데,
머리가 나쁜 건지
공주처럼 살았는지
오히려 눈을 흘긴다

세상이 질서와 규범이 상실해 가고 있다
공중도덕은 구시대의 유물처럼 멀어졌다
오직 나만 편하면 된다는 식이다
담배 피우는 중고등학생을 보면
피해 가는 게 상책이다
나 때는 변소깐이나 눈에 띄지 않는 곳에 숨어서 피우곤 했는데,
자칭 엠지라고 불리는 그들을 바라보다 보면
나 때 세대는 설자리가 없다
어쩌다 이 지경이 되었을까

나 때와 라떼

커피와 우유가 적당히 섞인 '라떼'를 좋아하는데
이미 나이가 들어버린 나는 커피숍이 아니면
'나 때' 소리는 입도 뻥긋하지 말아야겠다

박남주

비
원
문
학
회

홀로 서 있는 나무

나는 늘 같은 자리에 있었다
사람들이 지나갈 때마다 눈이 마주치지만
그저 스쳐 지나갈 뿐이다

낙엽을 바라보던 그녀가 말을 걸어왔다
'추워요?'

─작은 바람에도 흔들리며
  심하게 추위를 타는 것 같지만 건강합니다
  나뭇가지 위에 까치가 앉아도 다만 휘청거릴 뿐이지요
  찬바람이 온몸을 휘감았다가 흔적도 없이 떠나갑니다
  바람마저 빠져나간 자리, 텅 빈 공허만 남았습니다

'홀가분해요?'

나 때와 라떼

-연둣빛으로 태어난 작은 나뭇잎이 있었습니다
　바람과 친하게 지내며 스르륵 정겨운 웃음소리를 내고
　햇빛에게 온몸을 바쳐 사람들에게 쉴 곳을 만들어주었습니다
　세상을 행복하게 바라보며 신나게 웃던 좋은 친구였지요.
　느즈막한 저녁, 어떤 시선도 머무르지 않는 시간,
　바람의 작은 손길에 힘없이 툭,
　떨어지는 낙엽이 되었습니다
　떠날 것을 알고 있었지만 안타까울 뿐입니다.
　준비했던 이별도 아프지만 조금씩 홀가분해지고 있습니다

나뭇잎을 사랑하고 떠나보내야 할 때를 알고 있는 나무처럼
헤어져야하는 운명인 걸 알고 있지만 이 순간은 영원할 것만 같다

고통이 없으면 행복한 순간도 깨닫지 못한다
눈물이 없으면 웃음이 고마운지 모른다

최연우

사람들은 누구나 상처를 안고 살아간다
천 년을 움직이지 않고 홀로 서 있는
나무도 있다

나 때와 라떼

산책

몸을 일으켜 세웠다
천근 같은 발끝을 끌어올려 걸었다
걷고 또 걸었다

바람에 머릿결이 날린다
굴포천을 지나가는 물소리를 따라
꽃가루가 날아가는 방향으로
새들도 날아갔다

한 걸음씩 내디딜 때마다
어제가 끌려왔다

바람이 멈추는 순간,
나도 그 자리에 숨을 죽였다
길이 끝나 있었다

순대국밥

고등학교 졸업을 하자마자 독립을 했다
간섭이 없고 잔소리가 사라졌다
그만큼 돈도 궁해졌다
엄마의 손길도 그리워졌다
배가 고프고 고기가 먹고 싶었던 20살 시절
빈곤한 주머니 사정에 고깃집 문턱을 넘는 일은 쉽지 않았다
천 원짜리 몇 장을 쥐고 순대국밥집으로 갔다
뽀얀 국물에 순대, 간, 염통, 머릿고기가 가득 담겨 있었다
고기 구워 먹듯 건더기를 다 건져 먹고 밥을 말아 먹었다

거리에서 하늘로 치솟는 수증기 속을 지날 때면
엄마의 손끝이 머릿결을 쓰다듬는 기분이 든다
추억에 이끌려 발길 닿은 순대국밥집에서
뚝배기 한 가득 담겨나온 머릿고기를 단숨에 해치운다

이젠 언제든 순대국을 사 먹을 수 있는 능력이 되었지만
바쁜 일상 속에서 잊고 지내는 날이 많다
닳고 닳아 사라져가는 감정 속에서
사무치고 먹고 싶었던 순간마저도 점점 사라져 간다
오늘은 그리움 반찬 삼아 배부르게
순대국밥 한 그릇 뚝딱 해치우고 바라본 하늘
달빛 속에서 엄마가 나를 보며 환하게 미소 짓고 있다

흔적 혹은 기억

녹초가 된 퇴근 무렵,
플라타너스 텅 빈 가지를 바라보다
긴 한숨을 풀어 놓았다

단순한 선의를, 사랑인 줄 착각하고
한 남자에게 고백했던 곳
혼자 울고 있을 때 조용히 다가와
눈물을 닦아주던 언니와 해넘이를 보던 곳
숨소리만 들어도 설레던 연인과 밤새 통화를 하던 곳
아빠의 간암 말기 소식을 들었던 곳
살면서 한 번쯤 숨을 크게 쉬고 싶을 때
무작정 찾아가는 곳

모든 것은 변했다
곁에 있던 사람들은 노을 속에 있다
하는 일은 여전히 마음먹은 대로 되지 않지만
여기 오면 숨을 쉴 수 있다
가슴속에 모닥불이 타오른다
혼자만의 욕심과 후회와 낭만을
기억하는 오래된 옥상,

나 때와 라떼

김
지
수

비
원
문
학
회

바람을 모으는 여자

육백마지기에 올라오지 않았더라면
이렇게 넓은 세상이 있다는 것을
평생 몰랐을 것이다

신비한 바람이 불어오는
청옥산 정상에서 파도치는
산맥들을 차마 바라보지 못했을 것이다

풍차 레코드가 들려주는
하늘의 노래를 듣지 못했을 것이다

풀잎은 누웠다가 일어나고
들꽃은 수다를 떨다가 뚝 그치고
나는 입을 다물지 못했다

나 때와 라떼

한 발짝만 내디디면
까마득한 지상의 바닥으로
추락할 것 같은 아찔한 바람의 언덕에서
수십억 년을 가로질러 온
그리움을 만졌다

피하고 싶고
도망치고 싶었던 순간의 절정에서
나를 닮은 그리움 하나,
수국꽃 속에 가두고 말았다

어떤 연극배우의 독백

지하 소극장 계단에서 굴러
떨어진 아이가 큰소리로 울었다
언더 배우*가 아이를 안고 달랜다
엄마의 주파수를 뚫고 흐르는
연민이 분수처럼 쏟아졌다

갑자기 극장 간판이 깜빡거렸다
오늘의 운세를 믿는 건 아니지만
주연 배우가 못 온다고 했다
"대사 다 외우지? 오늘 네가 무대에 서라"
언더 배우가 생전 처음 분장을 한다

---

* 배우가 갑자기 대체되어야 할 경우를 대비해서 같은 배역을 연습하여 대기하는 사람.

나 때와 라떼

만 번도 더 연습한 대사가 술술 새어 나오고
백 번도 더 쓸고 닦았던 무대 위를
바람처럼 날아다녔다
연극은 끝났다
무대 위로 푸른 조명이 들어오고
객석을 바라보다 정신이 번쩍 들었다

대본이 좋았는지 연출이 뛰어났는지
기립박수가 터져 나왔다
'느릅나무 그늘의 욕망'은 완성되었고
그는 주연 배우가 되었다

엄마와 시

시 읽어줘야 돼

수술하고 나면
뭐해드릴까요 여쭤보니

시 읽어달라고 하시는
엄마

아픈 얼굴에서
환하게 웃고 좋아하시는
표정을 보니

시가 참 좋아요

천천히 읽어 줘
감정도 넣어야지
잔소리가 참 좋아요

아픈 소리만 하시다가
시에 대해 이야기하시면서
어린아이처럼 좋아하시니
죄송한 마음이 듭니다

미워하고 싫어하고
화내고 싸우고 편가르고
안 좋은 일만 하다가
시 앞에서 부끄러워집니다

김지수

정동극장

극장의 붉은 벽돌마다
관객들의 박수소리가 쏟아져 나왔다
배우들의 숨소리가 잦아들면
상상의 문은 열리고
가슴이 뛰기 시작했다

티켓 한 장만 사면
도시락도 먹고 공연도 보는
정오의 예술 무대가 펼쳐졌다

지루한 일상에서 벗어나
꿈꿔 왔던 상상의 세계로 빠져드는
순간, 눈물짓고 있는 나를 보았다

일하고 사랑하며 예술을 하던
젊은 날의 우리들에게
사느라 수고했다고 말해 줄걸
덕수궁 돌담길을 지나 멀리서 온
너를 웃으며 맞이한다

나 때와 라떼

입추

모든 건 지나간다
추억만 남는다

더위가 뭐 별건가
참으면 되지

여름날
매미가 들려준 사랑 노래와
소나기가 전해주는
시원한 물소리

뜨거운 태양이 키우는
사과나무의 열매까지

세이레만 지나고 나면
귀뚜라미 소리가 먼저
선물처럼 가을을 선물할 것을,

하얀 종이 인형

이름이 누구인지
어떻게 죽었는지
어디에 묻혔는지
도대체 알려주지 않는 6661명의 넋이*
하얀 종이 인형으로**
간토를 떠돌고 있습니다

단순히 종이가 아닙니다
우리의 부모, 자녀, 형제, 자매, 친구
어쩌면 1923년 간토의 당신이
힘이 없어서 연약한 종이로
검게 그을려 하얀색 빛깔로
붉은 핏물이 아라카와 강변에
슬픈 노래로 펄럭이고 있습니다

---

* 추가로 밝혀진 자료에는 약2만 3,058명이라고 주장이 제기 됨.

** 넋전 : 망자의 넋을 기려 흰 종이로 사람 모양 형태로 자른 것.

나 때와 라떼

백 년도 더 된 옛날이야기를
지금에 와서 왜 꺼내냐며
차라리 화라도 내면
인간적일 수도 있을 것입니다
과거에 한 짓은 도저히
사람이 했다고 볼 수는
없으니까요

일본인 봉선화 단체가 앞장선
반쪽짜리 사과라도 받을 수 있어서
그나마 희망이 보입니다
다음 해 9월 1일에는
일본 정부는 잘못했다고 사죄하고
조국도 역사를 반복하지 않겠다는
명장면이 상영되길 바랄 뿐입니다*

---

* 김태영감독, 김진희교수 PD로 제작된 다큐멘터리 영화 〈1923 간토 대학살〉을 보고 2편이
  제작되길 바라는 마음을 담음.

김지수

영국사 은행나무 여행

귀찮다는
엄마를 모시고 길을 나선다

언제 또 떠날 수도 있겠지만
오늘의 영국사 하늘 구름
지금 아니면 볼 수 없는
얼굴이 흘러간다

하늘과 가까운 은행나무
바람을 모아 리본으로 묶고
아이들의 웃음소리
매달아 놓는다

은행 알알이 엮어 둔
천 년 나비의 울음소리
희망의 노래가 되어
우리를 춤추게 한다

추억이 쌓인 노란 주단에
다시 온다는 약속을 새긴다

가을 수선 집

파란 하늘 수선집으로
단풍이 찾아왔다

구멍 난 것을 메우고
망가진 것을 고치고
구겨진 것을 다림질하고
젖은 것들을 말리고

단풍을 수선하면서
기쁨으로 덧대고
슬픔으로 꿰매고
고통으로 두꺼워진다

하늘 마당에 걸린
오색 단풍들이
한껏 예뻐진 모양으로
하늘에 폭죽 꽃을 피운다

가을 하늘이
멋지게 물들어 간다

김지수

물고기 아이

아이는
학교에 갔다 오면
눈물을 모아
어항을 채웠다

어항 속엔
금붕어를 키웠다
나는 그 말을 알아듣지 못했지만
금붕어는 아이의 말을 알아듣고 있었다

어항 속에는
침묵이 흐르고 있었지만
금붕어가 움직일 때마다
물결이 일어났다

어느 날
아이의 눈물은 모두 말라버렸고
며칠 동안 아이의 모습도 보이지 않았다

나 때와 라떼

어항에 서서히 금이 가기 시작하자
사라졌던 아이가 돌아와
어항 속으로 들어갔다

어항엔 다시 물이 가득 차오르고
아이의 몸에도 비늘이 돋아났다
그리고 깊은 밤이 되면
어항 속에서 아이의 울음소리가 들린다고 했다

목멱산의 연인

만질 수 없는
붉은 네가 거기 서 있었다

황홀하다는 말로는 차마
마음을 들킬 것 같아
억새 사이로 황급히 몸을 감추었다

갈바람이 불어 왔다

보고 싶다는 말로는
모자라는
그리움의 흔적들이 밀려왔다

천삼백 리를 지나온 한강의 품에 안긴
너의 차가운 노랫소리에
나는 춤을 추며 뜨거워진다

나 때와 라떼

조
용
주

인연이란

사람의 인연이란
물결 같은 것

세월이 흘러가는 순간에도
인연은 끊임없이
오고 가는 것

만나고 헤어지는 순간에도
깨달음은 끊임없이
나를 밝히는 것

바람이 부는 방향으로
풀잎이 쓰러지듯이
나도 그 길을 따라
말없이 걷다 보면

나 때와 라떼

마지막 인연의 불빛도
나를 비추고 있겠지
나를 보았던 인연들도
나를 비추고 있겠지

조용주

한 세상 살고 보니

한 세상 살고 보니
노여움도 없고
서러움도 없다

불과 반세기 전만 해도
먹고 사는 일이 고달파
세상을 원망도 해보고
부모 탓, 조상 탓도 해 보았지만

한 세상 살고 보니
노여움도 사라지고
서러움도 사라져
결국 내 탓이더라

나의 케렌시아 거북섬 왼쪽 뒷다리

박남주

인간에게 휴식은 말할 수 없이 중요하다. 휴식을 해야만 몸과 마음이 회복되고 새 힘이 나기 때문이다. 요즘 힐링^{healing}이 대세다. 치유는 여러 방법을 통해 상처가 나아가는 과정을 의미한다. 질병의 치료가 아닌 건강 유지를 돕고 면역력을 증진시키는 활동이다. 식물과 동물, 곤충을 이용한 치유, 농업을 통한 치유, 산림을 통한 치유 등 여러 가지가 적용되고 있다. 깨끗한 환경이나 재료 등이 좋아야 효과를 더 크게 얻을 수 있다.

오래전 스페인 론다의 투우장 앞에서 인증 사진을 찍은 일이 있다. 수없이 투우장을 드나든 헤밍웨이도 소가 케렌시아*에 있을 때 소를 쓰러뜨릴 수 없다고 했다. 그곳이 가장 안정을 얻을 수 있고 새로운 힘을 소생시키는 장소이기 때문이 아니겠는가. 내가 어린 시절에 책상을 이불로 가리고 그 아래 좁은 공간에 들어가기를 좋아했던 것처럼 공감되었다. 인간은 누구나 본능적으

---

* 에스파냐어로 '투우 경기장에서 소가 쉬면서 숨을 고르는 장소'라는 뜻으로, 자신만의 피난처 또는 안식처를 이르는 말

나 때와 라떼

로 자기 회복의 장소를 찾는다. 2년 전 나는 한동안 그런 장소를 정하고 지냈다. 바로 시흥 거북섬이다.

나는 거북섬 현장에서 상가 신축공사 감리 업무를 수행하고 있었다. 점심시간이면 시화호 주변 방파제를 따라 나란히 잘 닦아진 길을 걸었다. 이 바닷길은 걷기에 안성맞춤이었다. 밀물 때 가득 찬 바닷물을 보면 마음이 풍성했다. 썰물 때 드러난 깨끗해진 갯벌은 희망을 주었다. 철새들의 부지런한 먹이활동을 보고 삶의 활력을 느꼈다. 겨울에 살찐 청둥오리들이 뒤뚱거리며 걸을 때는 웃음이 나왔다. 가끔 대백로도 보였다. 긴 다리로 천천히 어슬렁거리는 걸 보면 배가 부른 모양이었다. 물과 갯벌의 경계에서 저어새가 부리를 휘저어대는 동작을 보면 감탄사가 절로 나왔다. 봄에는 검은머리물떼새의 모습에 넋을 잃었다. 진한 주황색 부리와 흰 셔츠를 받쳐 입은 검은색 정장이 잘 어울렸다. 가끔 사랑싸움도 하는 걸 보면 지난날 내 연애 시절을 연상케 했다. 안타깝게도 알 낳을 자리를 찾지 못하고 떠나버리니 오래 볼 수 없었다. 물이 가득 차면 가끔 논뿔병아리도 나타났다. 바닷물 속으로 빠르게 들어가서 어느 사이 저쪽 수면 위로 머리를 쏙 내민다. 시화호에서 사라진 새들이 개체수는 많지 않으나 돌아오고 있으니 다행이었다. 30년 전 회사 야유회 때 족구도 하던 곳이다. 물막이 공사 후 크고 작은 조개가 말라빠져 죽어가는 모습은 지금도 눈에 선하다. 이제 많이 회복되어 가니 감회가 깊다.

태양 빛이 살랑이는 바닷물에 비출 때는 윤슬에 눈이 부셨다. 때론 대부도까지 다이아몬드 길을 내는 듯 찬란했다. 안개가 낀 날에는 안정감이 스멀스멀 가슴으로 파고들었다. 시원한 바람이 부는 날이면 입을 크게 벌리고 바닷바람을 마음껏 마셨다. 강풍이 불어오면 파도가 차례로 밀려오는 모습이랑 방파제에 부딪히는 소리를 핸드폰에 동영상으로 담았다. 함박눈이 오는 날은 푸른 바다가 말없이 눈을 받아먹듯 나도 혀를 내밀었다. 비가 오는 날은 바닷물 위로 떨어지는 빗방울이 만드는 파장을 조용히 내려다보면 차분해졌다. 방파제 아랫길을 걸으며 직접 바닷물을 만지거나 향기도 맡았다. 파래가 돌에 붙어 예쁜 초록으로 덮을 때와 고동이 조금씩 길바닥 위로 올라오는 모습을 볼 때도 마음이 뿌듯했다. 시화호가 이렇게 맑아지다니. 내가 이처럼 좋은 바닷가를 날마다 걷고 있다니 가슴이 벅찼다.

내가 걷는 바닷길 코스는 일정했다. 거북섬 왼쪽 앞다리 해변부터 인근 시화나래 철새도래지까지 걸어 다녔다.

힐링의 장소는 거북섬 왼쪽 뒷다리 부근 모서리에 있는 파고라였다. 사무실에서 50여 미터 앞에 바다가 있으니 틈만 나면 그곳으로 갔다. 방파제 모서리에 서서 사방을 둘러보면 상쾌했다. 시원한 바닷바람과 앞에서 출렁이는 바다 물결을 마음껏 감상했다. 갈매기가 바람을 타고 날고 있는 멋진 모습도 보았다. 스트레스가 금방 풀렸다. 파고라 아래 의자는 멍 때리기도 좋은 곳이다. 사람이 어찌 아등바등 살려고만 하겠는가.

거북섬 공사 현장도 환경관리에 신경을 써야 하므로 나도 관심을 가졌다. 폭풍우가 몰아치고 나면 많은 쓰레기가 방파제로 밀려들었다. 시청에서 청소하고 쓰레기를 옮기는 작업이 보통 힘든 일이 아님을 직접 보았다. 시흥시가 바다를 이용한 관광 도시로 만들기 위해 환경 개선에 노력하고 있음을 실감했다. 나도 작으나마 깨끗하게 보전하는 일에 일조해야겠다는 인식을 가지게 되었다.

웨이브 파크 방갈로 앞에 작은 저수지가 하나 있다. 이 저수지에는 곧바로 바닷물이 드나드는 수문이 있다. 밀물일 때 수문을 열어 놓으면 물에 뜨는 스티로폼 조각이나 가벼운 쓰레기들이 밀려왔다. 썰물 때는 쓰레기가 다 빠져나가지 않고 일부는 안쪽에 남았다. 보기에 지저분했다. 나는 웨이브 파크 측에 그 쓰레기를 걷어 올려내어 조금이나마 바다 오염을 줄였으면 좋겠다고 말했다. 시청에도 전화로 알려 주었다.

오랜만에 거북섬 왼쪽 뒷다리에 와보니 방파제 모서리에 어린 왕자와 사막여우 상이 새로 설치되어있다. 방파제 벽에 타일을 붙여 만든 그림은 스페인 바르셀로나 구엘 공원의 작품을 연상케 했다. 내가 이곳에서 일하면서 이 년 동안 지켜보았던 저만치 떠 있는 바다 위 낡은 목선은 여전히 그 자리에서 고독을 달래고 있다. 그 뒤로 조금 떨어져 있는 곳에 경관브릿지가 보인다. 내가 선 자리는 방파제의 구석진 곳이라서 물이 차도 별 요동이 없다. 바다도 숨을 들이마시고 힘을 모아 먼바다로 나갈 준비를 하는 듯하다. 이곳이 거북섬을 찾는 사람들의 마음을 치유하는 힐링의 장소이고 시화호의 케렌시아일지도 모른다. 거북섬이 시화호와 어우러져 해양레저 도시로 우뚝 서서 모든 사람의 케렌시아가 되면 좋겠다. 거북섬 왼쪽 뒷다리 방파제 모서리가 나의 케렌시아이듯이.

(시화호 30주년 기념 전국 환경 백일장 수상 작품집:
수상자 초대 작품)

나 때와 라떼

뒷모습은 진심이다

최연우

뜨거운 햇볕 때문에 얼굴이 일그러지던 날, 어딘가를 향해 걷고 있는 부녀의 뒷모습이 보인다. 그리 다정해 보이지는 않는다. 아빠와 딸은 딱 5보 정도 떨어진 채로 걷고 있다. 말을 하면 알아들을 수 있는 적당한 거리. 아빠는 앞서 걷고 딸은 뒤따라 걷고 있다. 대화는 별로 없고 가끔 뒤를 돌아 쳐다볼 뿐이다.

그날 조금만 다정하게 걸었다면 하는 아쉬운 마음이 19년 다 되어가는 지금에 와서 든다. 그 부녀의 모습은 우리 아빠와 나의 모습이다. 몸이 편찮아지고 직장을 잠시 쉬고 있던 아빠는 관공서에 업무를 보러 함께 가자고 하셨다. 지금 생각해 보니 점점 몸에 기운이 없어서 혼자 가서 실수라도 할까 봐 같이 가자고 하셨던 것 같다. 업무를 제대로 처리했었는지 그 부분은 전혀 기억에 없다. 떠오르는 기억은 확인해야 할 업무를 다 마치고 집으로 가는 길. 떨어져 걸으며 바라봤던 아빠의 뒷모습이다. 평소 운동을 좋아해 덤벨 운동기구로 아침마다 운동을 하셨고 조기 축구를 하러 다니셨으며 울퉁불퉁한 근육을 자랑삼아 포즈를 취한 때도 무수히 많은 날이 있다. 튼튼하고 건강했던 앞모습만 기억하는 나에게 아프고 힘없는 아빠의 뒷모습은 시선을 뗄 수 없이 계속 바라볼 수밖에 없었다. 그렇게 바라보던 뒷모습이 지금껏 기억에 남아 떠오른다.

꾸밀 수도 없고 가릴 수도 없고 온전히 있는 그대로를 보여줄 수밖에 없는 뒷모습. 그 모습을 바라볼 기회는 그리 많지 않다. 작정하고 보리라 생각하지 않고는 볼 수 없다. 평소 아무 느낌 없이 걸어가는 낯선 이들의 뒷모습을 바라보며 길 위를 걷는 것이 전부일 것이다. 감정 없이 바라본 뒷모습은 그저 풍경에 불과하지만 의미와 느낌을 갖고 바라본 뒷모습은 그냥 풍경이 될 수 없었다.

그날 아빠는 힘겨운 발걸음 속에서 가다 서다를 반복하며 긴 숨을 내쉬며 걸었다. 그렇게 걸으며 무슨 생각을 하셨을까. 당신의 몸이 어서 빨리 낫기를 바랐을까. 일이 잘 해결되기를 바랐을까. 그저 그 순간이 빨리 지나기를 바랐을까. 조금 뒤에서 걸으며 바라본 아빠의 늠름하기만 했던 모습이 조금씩 가냘퍼지고 조금은 힘겨워 보이며 시간 속에서 점점 쇠해지셨다. 그 모습조차도 이제는 보고 싶다고 볼 수 없다. 함께하는 모든 날 싸워도 좋고 좋아하면 더 좋고 그렇게 살아가고 싶은 맘이다. 이미 떠나간 사람에 대한 그리움이 오버랩 되어 자연스럽게 떠올리게 되는 뒷모습을 매일 마주하는 거리의 사람들 속에서 보게 된다. 그리움도 지속되면 무뎌지는 것일까. 이제는 뒷모습을 보며 그들의 삶의 고단함과 일상이 어땠을까 하는 간단한 생각을 해본다. 아무리 감추고 싶어도 감출 수 없는 뒷모습을 오늘도 바라보며 나의 뒷모습은 되도록이면 행복하고 보기 좋은 모습이길 바라며 힘찬 발걸음을 걷는다.

"뒷모습은 스스로를 밝히지 않는다.

하지만 마주한 이를 속이지도 않는다.

진실은 이 사이, 밝히지 않는 것과 속이지 않는 것 사이에 있다.

뒷모습이 요령부득$_{要領不得}$*으로 느껴지지 않는다면
이는 진실이 요령부득이기 때문이다."

-미셸 투르니에, 『뒷모습』 중에서

---

* 사물(事物)의 주요(主要)한 부분(部分)을 잡을 수 없다는 뜻으로, 말이나 글의 요령(要領)을 잡을 수 없음을 이르는 말

[산문]
아버지의 고등어

김지운

식탁에 고등어가 올라오면 저 멀리 잠들어 계신 아버지가 생각난다. 사랑했던 사람이 떠나고 세상과 이별하는 날까지 술로 세월을 보냈던 아버지, 한동안 나는 잊고 살았다. 기억하고 싶지 않았기 때문이다. 내게 남아 있는 기억이라면 새벽에 떠난 여인과 아버지의 쉴 새 없는 주탁_{酒托} 뿐이었다. 갓 서른에 아내가 사라진 홀로 된 빈자리는 황량했을 것이다. 아직은 어린 세 아이를 데리고 끼니를 위해 애달팠던 목수 일은 세상이 거꾸로 보였을 것이다. 떠나버린 여인과 술로 잃어버린 체력은 정신마저 황폐해져 목소리는 더 커져 갔고, 주사_{酒邪}는 끝이 없었다. 그렇게 사십 대 초에 아버지는 내게 소식도 없이 먼 길을 떠나셨다. 삼년 뒤 친척으로부터 전해 받은 부고는 더 큰 상흔으로 남게 되었지만 내게 아버지를 그리워하는 일은 사치와 같았고, 이미 별은 사라진 뒤였다.

술만 드시면 떠난 여인을 찾아오라고 소리치던 아버지의 폭력은 하루도 거르질 않았다. 나는 밤마다 아버지의 샌드백이 되어

나 때와 라떼

야 했다. 새벽이면 일터로 나가는 아버지가 기침이라도 하면 눈을 더 질끈 감았다. 내가 보낸 여인도 아닌데 왜 나보고 찾아오라고 했는지. 밤이면 쫓겨나 알 수도 없는 여인을 찾으러 논길을 이리저리 헤매던 날들이 얼마인지 모른다. 정처 없이 걷다 보면 신호를 보내오는 빈창자의 소리는 너무도 정확하게 울려왔다. 여름에는 떨어진 복숭아를 주워 먹고 가을에는 배 서리를 무서워하지 않았다. 잠자리가 없을 때는 목재소에 쌓아둔 나무 사이에서 겨우 눈을 붙이는 날이 수두룩했다.

더 이상 먹을 것이 없을 때는 무서운 아버지를 무릅쓰고 집을 기웃거렸다. 큰 누나의 울음소리가 흘러나오는 날에는 발걸음을 뒤로 돌려 목재소 나무집으로 숨기에 바빴다. 기억 저편의 쌀독은 떨어진 지 오래였고 라면에 국수를 먹거나, 수제비를 넣어 부풀려 먹는 날이 대부분이었던 날들이었다. 지금은 찾아다니며 먹는 수제비와 라면이지만 그때는 억지로 감기약을 먹는 느낌이었다. 당시에는 그런 집들이 비일비재非一非再 했다.

아버지가 일 다녀온 날에는 봉지쌀이 있는 날이었다. 누런 봉투에 쌀과 기름이 흐르던 통닭이 있던 날엔 밤마다 나를 괴롭힌 아버지가 아닌 하느님과 같았다. 열 살배기 누나는 여린 손으로 석유 난로에 불을 지펴 밥을 짓고 설익은 김치와 멸치에 간장과 설탕을 뿌려 타지 않은 멸치만을 아비지 식탁에 올려 드리기 바빴고, 동생과 나는 누런 봉투의 통닭에 반해 머리통을 뒤로 젖힌 채 숟가락만 만지고 있었다.

초등학교 입학식만 참석하고 아버지의 직업을 따라 전학만 다닌 게 십여 차례가 넘었다. 간신히 한글을 깨우치고 곧바로 중학교에 입학하게 되었다. 친구도 그때 생겼고 내 인생도 그때부터 웃음을 찾게 되었다. 그 덕분에 나는 내 인생 공부를 신이 미리 시켜주었는지도 모르겠다. 지금도 나 혼자 있는 건 두렵지 않지만, 쓸쓸한 비가 내리면 혼자 울고 싶을 때가 있다. 항상 내게 무슨 일이 생기면 비는 여지없이 내렸으니까. 어머니의 빈자리는 오로지 누나의 몫이었다. 어디서 그런 책임감이 나왔는지 열 살배기 여자아이는 어머니의 빈자리를 말없이 메꾸고 있었다. 응석 부리는 남매를 안아 주고, 눈물을 닦아주고, 사랑만을 주다 천사가 된 누나. 그날도, 목재소 나무집에서 숨어 있던 나에게 누나는 "아버지 드시고 남은 고등어찜 있으니까 아버지 없을 때 와서 얼른 먹고 가"라고 했었다. 며칠을 굶어 허기져 있던 나는 누나의 말에 곧장 집으로 향했다. 집 앞에 다다르자 무서웠던 아버지 생각에 성큼 집으로 들어가지는 못했다. 몇십 분을 밖에서 서성이다 인기척이 없는 것을 확인하고서야 고등어가 있는 부엌에 들어갈 수 있었다.

나 때와 라떼

양은솥은 반은 타고 반은 하얗게 익은 쌀밥을 품고 있었다. 며칠을 밖에 두었는지 돌덩이처럼 굳어 있었으나, 꿀맛이 따로 없었다. 양파에 뒤엉켜 있던 고등어는 살이 제법 잘 올라 있어 입안을 가득 메웠다. 달짝지근한 국물은 차가웠지만, 입에 넣자마자 아이스크림처럼 녹아내렸다. 허겁지겁 입에 집어넣었던 그때의 아이스크림 고등어의 맛은 천사가 된 누나처럼 지금도 너무 그립고 그립다. 그때 가시까지 씹어 먹었던 고등어를 생각하며 나는 지금도 고등어를 먹을 때는 가시까지 남기지 않고 먹고 있다.

솥단지에 있던 탄내 나는 밥을 거의 비울 때쯤 바깥에선 낯익은 인기척이 들려 왔다. 모자를 쓰고 어깨엔 군용색 목수 도구를 넣은 가방을 메고 얼굴이 시커먼 아버지가 돌아오신 것이었다. 순간 고등어의 비린내가 코를 짓눌렀다. 가출을 일삼던 나를 찾아오라고 누나를 매일 힘들게 했던 아버지. 온몸이 얼음장에 갇힌 것처럼 쪼그라들었다. 나는 들고 있던 수저를 놓쳤다. 생쥐처럼 구석에 몰려, 튀려고 했을 때 아버지는 "들어왔구나… 먹던 거 마저 먹어"라며 나지막한 소리로 말한 뒤 부엌 턱에 앉으시는 것이었다. 두려웠던 나는 아버지가 앉자마자 곧바로 도망쳐 나왔다. 얼마나 달렸는지 식은땀이 온몸을 적셨다. 아버지의 다정한 모습은 그때가 처음이고 마지막이었다.

중학생이 될 무렵, 아버지가 돌아가신 깃을 접했고, 나는 세상에 혼자가 되었다. 정처 없이 이리저리 친척 집에 얹혀 지내는 날이 많았다. 그렇게 보냈던 나날은 하늘을 땅이라고 말하고 웃자란 가지가 나무의 뿌리라는 생각을 가진, 세상을 거꾸로 보는 아이가 되어 갔다. 하루도 편한 날이 없었던 것 같았다. 외로움은 나뭇잎처럼 쌓여 갔다. 그러다 문득 고등어가 나오는 식탁을 보면 하루치 식사를 한 번에 먹어 탈이 났던 날도 많았다.

아버지가 돌아가신 뒤 삼 년이 지나서야 부고를 접하게 되어서 나는 지금도 아버지의 기일忌日을 정확하게 알지 못한다. 설날과 추석에만 아버지를 추모하고 있다. 제삿날엔 등 푸른 생선을 올려놓지 않지만, 가족이 다 모인 날엔 고등어를 준비한다. 가족이 식탁에 둘러앉으면 제일 먼저 고등어 가시를 분리한 후 아이들 밥 위에 얹어 준다. 군대를 다녀오기 전엔 온갖 인상을 쓰던 아이들도 이젠 아무렇지 않게 "아빠, 가시는 먹는 게 아니에요."라며 고등어 살을 양보해 주기도 한다. 내 아버지는 무섭고 혹독한 외로움에 젊은 날을 빨리 정리하셨다. 유년 시절의 아버지는 기억하기 싫은 모습이지만 비가 촉촉이 내리는 봄날이 되면, 스름스름 어둠이 찾아오는 골목길 사이에서 피어나는, 연탄에 구워지는 고등어 향기를 마주하며 집으로 향하던

나 때와 라떼

발걸음 속에 아버지와의 추억을 마주하게 된다.

　어른들만 들어서던 포장마차에서 동그랗게 큰 눈을 껌벅이며 아들, 딸에게 시커먼 손톱이 낀 채로 소주 안주로 나온 고등어를 발라 입에 넣어주고 말없이 눈물 흘리셨던 아버지, 오늘은 당신이 지워지지 않아 봄비 내리는 길목을 걸어 나와 혼자 고등어 조림에 소주 한 잔하며 빗소리 속 어디선가 들려 오는

　당신의 발자국 소리를 듣습니다.

달 빛 문 학 회

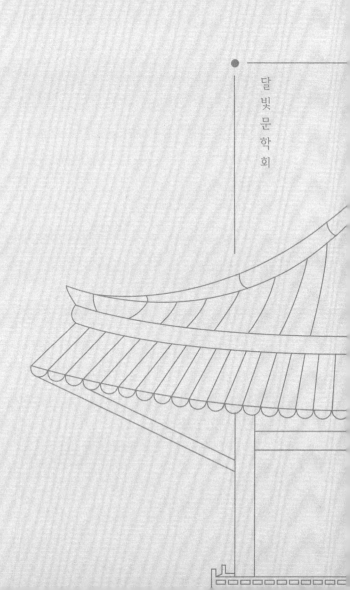

달 빛 문 학 회

게이트, 반계* 원주시 반계 1495-1

최바하

이건 비밀이다

내가 사는 마을 한구석엔
스타게이트가 있다
현관을 나서면 시속이 아닌 금속으로 날아
마하 25의 속도로
일 년에 단 한 번 열리는 문이 있다

틈이 생기는 순간,
빛은 들어온다
눈으로 본 모든 것은 이미 공상이 되었다
대지가 아닌 무중력 속에 떠 있는 발은
황금빛 노을에 잡혀 푸른 감각을 떠났고

내 혼은 도스처럼 오래된 가지 사이를 유영하다
뜨거운 욕망으로 공중을 허우적거리다 낙화落花한다

---

* 원주시 반계리 은행나무의 단풍든 모습을 상징함

나 때와 라떼

800년 후의 지상엔
높이 32미터의 CCTV가 다시 올 천 년을 기약하며
황금빛 인연을 열 사람의 품안에 가두고 있다

그리움, 나는 너인 적 있다

김봄서

바다가 보이지 않는 날
아무도 바다가 되어주지 않는 날,
나는 너인 적 있다
너도 내가 되면 좋겠다고 생각하며,

나 때와 라떼

할미꽃

박희영

리어카 한 대가
늙은 어깨를 끌고 간다

늘어진 어깨너머로 세월의 무게를 가득 싣고
굵은 뼈마디와 가죽을 끌고 간다

석양마저 타버린 하늘을 등진 채
왔던 곳으로 되돌아간다

황천 지하에 있다는 보랏빛 꽃송이는
유난히 부끄럼을 많이 탔던 우리 할머니를 닮았다

허리 구부러진 할머니의 흰머리가
어깨를 늘어뜨렸지만,

해마다 봄이 오면 어김없이 나를 찾아와
노오란 유채꽃밭에 누워 있던
어린 소녀를 감싸 안았다

폭설 후유증

이서은

누가 북극곰의 눈물을 닦아 줄 수 있을까?

가을이
매달린 절벽에서 손을 떼기도 전에
폭탄이 터졌다
117년 만의 폭설이 내리던 날
사람들은 거북이로 환생했다

바퀴 달린 고철 덩어리는
순식간에 애물단지로 전락했다
불평불만은 입술 끝에 눈처럼 쌓이고
골목 입구에서 눈을 뭉치던 아이들은
그림자까지 귀해졌다

거실 한가운데 앉아 있는 티브이는
연신 대설 특보를 실시간으로 타전하는데

나 때와 라떼

놀이터 한쪽 구석에 누군가 세워놓은
눈사람을 보다가
빙하 위를 힘없이 걸어가는
북극곰이 걱정되기 시작했다

아아

아아아아아아아아아아
아아아아아아아아악

티비 뉴스에 고개 돌린 팔다리 가느다란
세신사의 팔꿈치가 엎드려 있는 배 불뚝 사나이의
견갑골 사이 능형근을 무심히 짓이기고 있다

시원함과 통증 사이,
새어 나오는 소리도 신음과 비명 사이 어디쯤일까

10년 전만 해도 성질머리 급해서 5분도 못 참고
열탕에서 뛰쳐나왔던 사내들이 숭숭해진 머리를
수면 위에 내놓고 탕 속에 길게 드러누워 나올 줄 모른다
얼굴만 봐선 짐작하기 어려운 것은 몸매만이 아니다

젊은 아들은 양손에 낀 이태리 타올로
있는 힘껏 아버지의 등을 미는데
빨간 플라스틱 의자에 머릴 묻고 앉은 아버지는
"애빌 아주 홀랑 벗겨 먹을 놈이로구나"
속으로 궁시렁거린다

눈에 들어간 비눗물이 청양보다 맵다고
밖에서 못 흘린 눈물 샤워기로 흘려보내고

바나나우유 240밀리 한 병으론
해소 안 될 갈증을 안고 목욕탕 문을 밀고 나와
한 가치 남은 담배에 불을 붙인다

가을이 저물고 있다

백일석

정거장 없는 짧은 가을이 지나간다
잠깐의 감미로움은 바람의 둥지를
뜀박질하듯 지나가고
하루에도 몇 번씩
성큼성큼 산등성이를 내려온 단풍은
길모퉁이를 지나
일 년 내내 감추어 두었던 속내를 풀어내느라
분주하다
계절은 지난여름 더위에 지친 숙취를
가만히 흔들어 보기도 하고
피가 끓는 열정을 활화산의 분화구처럼
공중 한가운데로 쏟아내고 있다
그러나 언제든지 진실은 숨길 수 없는 법,
짙은 화장을 하고
화려한 옷으로 치장을 해도
가슴속에 든 멍은 감출 수가 없다

나 때와 라떼

마음이 허전한 사람들이
헛헛한 걸음걸이로 강을 건너오고 나면
곧 서리가 내릴 것이다
한겨울 보다 더 시린 슬픔이 눈썹 가득
맺히고 말 것이다

용소막 성당에서

최성자

해질 무렵 성당 앞은 고요했다
커다란 느티나무 벤치에 앉은 세 여인이
조곤조곤 이야기꽃을 피우고 있었다
성모마리아 앞에서 저 여인들은
무슨 기도를 올렸을까?

오래전 성당이 있던 자리에 철길이 생겨
지금의 자리로 옮겼다는데 성당이 있는 언덕 위의
성당은 조용하고 따뜻했다

티비 드라마 속 어느 배우의 결혼식 장면으로
유명해지면서 성당을 찾는 사람들이
늘어나고 있다는 소문을 듣고 찾아왔는데
인적은 없고 늦은 오후의 햇살만 마중을 나와 있었다

나 때와 라떼

십자가보다 높은 느티나무는
찾아오는 사람들의 소원을 들어주느라
날마다 키가 자라고
나는 시월의 촛불 하나 가만히 켜놓고
성당이 있는 성당 언덕을 가만히 내려다보았다

고봉밥

이 달

혼자 밥을 먹다가 목이 멘다
입맛이 없어도 약은 먹어야 하니
찬물에 밥 말아 김치 몇 조각으로 한 끼를 때웠다는 엄마,

톡 떨어진 밥알 하나를 입에 넣다가 삼십 년 전쯤,
텅 빈 됫박 바가지가 떠올라 눈시울이 붉어졌다
'소풍 간다'는 딸 도시락에 보리밥은 싸줄 수 없어서
엄마는 어슴푸레한 저녁 옆집 문턱을 넘어 인기척을 냈다
"쌀 한 됫박만 꿔 주세요"
"해 떨어진 지가 언젠데 재수 없게시리 …"
빈 됫박 바가지를 들고 가슴을 쥐어뜯으며
칠흑 같은 어둠 속을 헤매다 돌아 나왔을 엄마,

삼십 년이 훨씬 지났어도 막내 딸년 얼굴만 보면
그날이 생각나
햅쌀 한 됫박으로 고슬고슬한 밥을
밥그릇 수북이 퍼 담아도
봉분도 없이 가신 아버지 생각에 목이 메어
끝내 고봉밥 한 그릇을 다 비우지 못하신다

인공호흡

김 설

숨이 잘 쉬어지지 않는다
몸에 이상이 없는데 속이 뜨거워진다
안에 가득 채워진 양식들이 하나, 둘
땀이 맺히다 녹아내린다
십 년 넘게 한 집에 머물며 가족들과 함께 했던
기억이 스쳐 지나간다
이 집에 처음으로 나를 데려온 그녀가
심정지가 온 모습을 발견하고 동동거리며
어디론가 전화를 걸고 있다
얼마 후 내 몸을 옮기고 전원을 껐다
아, 이대로 끝이로구나

나 때와 라떼

한 시간 후 정신이 들었다

여기가 어디지?

혹시 천국이 아닌가?

다시 숨이 쉬어지고 몸속에 생기가 돌기 시작했다

주위를 둘러보니 얼굴에 송골송골 땀이 맺힌 그녀가 보인다

손에는 먼지가 한 봉지 들려있다

십 년 넘게 숨 쉴 구멍도 내어주지 않고

일만 시켜 미안하다는 그녀의 말에

마지막 눈물을 떨구었다

나는 십 년 넘은 냉장고다

내 고향 압해도

천사1004의 섬 신안,
바다와 갯벌이 맨발로 달려 나와 반기는
내 고향이다

성큼 달려 나와
넓은 품을 열고
'오래 기다렸노라'
두 팔 벌려 안아 주는 곳,

40년 전 그때의 갈매기도
같은 목청으로 날고 있다

마을 입구 섬 조릿대 길섶은 여전한데
내가 살던 집터와
뒷산은 키가 많이 낮아졌다

밀물과 썰물이
드나들던 뚝방길,

나 때와 라떼

한걸음에 달려가
안기던 엄마의 품도
사라진지 오래다

맹꽁이 운동화 신고 동무들과 폴짝폴짝
재잘거리며 걸었던 추억의 황톳길도
10분만 달리면 되는 아스팔트로 변했다

겨울이면 초가집 처마 끝에
가난하고 소박한 꿈들이
주렁주렁 자라나던 고향 집은
갯바람만 마중 나와 텅 빈 고요를 풀어놓았다

대문 밖,
양철 필통 철렁거리는 소리에
"엄마!"
외마디가 흘러나왔다

영혼은 슬픈 기억 속을 여행한다

이수진

음력 9월 1일, 오늘은 엄마의 생일이다
햇곡식으로 지은 쌀밥은 드셨을까
행여나 오늘을 잊어버릴까,
며칠 전에 꿈을 꾸었다
엄마의 젊은 시절 모습이 보이고 옆에는
언니가 앉아 있었다
엄마는 조금만 더 있다 가면 안 되겠냐고
사정하듯 물으셨다
나는 금방 다녀오겠노라고 말하고 뒤돌아보니
엄마는 내가 보이지 않을 때까지
밝은 웃음으로 손을 흔들어 주셨다
그 웃음 뒤에는 쓸쓸함이 가득 담겨 있었다
그렇게 아쉬운 작별을 하면서 깨어났다

나 때와 라떼

비록 꿈속이었지만
너무나 그리던 엄마 모습이었기에
반갑고 아쉽고 안타까움이 며칠 동안
떠나지 않았다
마지막 인사도 전하지 못한 채 떠나온 고향,
혹시 엄마가 아프신 것은 아닐까
가슴 속에서 뜨거운 불길이 올라와
눈시울이 붉어지고 말았다

자각

노재필

5월 바람이
옷섶에 스며들고
길가에 연녹색 포플러 이파리가
한가롭게 시간의 모래성을 허물고 있던 날
외출하기 위해 거울 앞에 서니
거울 속에
나를 닮은 이상한 짐승이
나를 빤히 쳐다보고 있었다
나도 그를 한참 노려보고 있었다
부리나케 거울을 깨고
거울 속으로 들어갔다
거울은 텅 비어 있었다

나 때와 라떼

오늘은 대출 납기일입니다

이우수

장문의 미래들을 심어놓았었죠
몇 년 동안 물을 주고 있더랬어요,
그러다가
하도 의문이 들어 땅을 파던 도중, 역시나
한 손의 스마트폰에서는 웃기는 장면이 나왔어요
그래서 다른 손의 삽을 잠시 내려놓았어요
그렇게 행복의 단면들만 찾아 나섰더니
장문의 미래를 더 심게 되었더랬죠
물 주는 일은 더욱더 힘이 들었어요
한참 동안 물을 주다가 삽 생각이 났습니다
이번엔 두 손으로 팠더랬죠,
아마도 힘들게요,
오래도록 팠지만 땅속에는 아무것도 없었습니다
너무나 허무했고,
내가 한 일이라고는
힘들게 물을 주고 힘들게 땅을 판 일이었죠
가장 기억에 남는 것은 힘든 기억뿐이더라고요,

그럴싸한 나의 미래는 도대체 어디에 있는 걸까요

첫 수업 가던 날

최경화

따가운 햇살이 눈부시게 내리 쬐이는 정류장에서 첫 수업에 가기 위해 버스를 기다린다.

내 나이 올해 일흔하나, 살아온 날도 잊어버린 채 세월의 흔적은 주름진 모습만 남아 있다.

가슴속엔 아직 예쁜 소녀가 긴머리 찰랑거리며

뛰어 놀고 있는데, 나는 지금 무아지경이 되어

세월의 흔적을 바라보고 있다.

초등학교에 입학할 때처럼

가슴만 콩닥콩닥 뛴다.

잘 할수있을까?

온 몸에 경련이 일어나고 열이 오르기 시작한다.

버스를 기다리는 정류장에 어여쁜 아가씨가 눈화장을 열심히 하고 있다.

주변의 환경은 조금도 개의치 않고

한참을 쳐다보았다.

남자 친구를 만나러 갈까?

저녁 약속이 있을까?

열심히 화장을 하는 아가씨가 부럽다.

나 때와 라떼

설레기로 하면 나도 마찬가지다.
새로운 수업을 접하러 간다고 생각을 하니
하루 종일 가슴이 콩닥꽁닥 분수령을 넘고 있다.
어찌해야 할까?
일부러 담담하려고 애써 보지만
그것도 내 마음대로 되지 않는다.
그러면서 속으로 다짐한다.
넌 할 수 있어, 분명히 할수 있어,
서두르지 말고 천천히 한걸음씩 나가다 보면
행복한 기다림의 때가 오겠지.
내가 살아있는 동안 마침표는 없다는 걸 스스로 깨닫고,
시원한 가을 바람을 온 몸으로 맞이한다.
상쾌한 기운이 볼을 스치고 지나간다.
버스가 도착했다.
이제 교실 문만 열고 들어가면 된다.

악어야 어딨니

박여롬

가파른 산길을 오르느라
숨이 턱밑까지 차오른다
사람들은 벌떼 같았다

나만의 악어를 찾아 나선 길
빛바랜 낙엽 아래
고목의 그루터기 속으로 숨어 버린
악어는

정상에 올라서자
한꺼번에 몰려왔다
사방에서 악 어의 울음소리가 들려왔다

그리고 한순간,
사람들은 날개가 돋아나 푸른 말벌이 되어
비상했다

악어는 없었다

나 때와 라떼